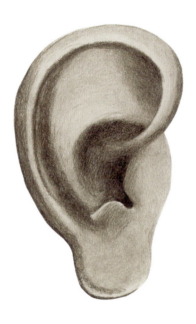

世界的耳朵

〔斯洛文尼亚〕彼得·斯弗迪纳 著
〔斯洛文尼亚〕达米扬·斯蒂潘契奇 绘
张瑞琪 译

人民文学出版社
PEOPLE'S LITERATURE PUBLISHING HOUSE

著作权合同登记号   图字 01-2024-2544

Original title: Uho sveta

© Miš, 2017

The translation of "Uho sveta" is published by arrangement with Miš d.o.o., Slovenia, all rights reserved.

The simplified Chinese translation rights arranged through Rightol Media（本书中文简体版权经由锐拓传媒旗下小锐取得 Email: coyright @ rightol.com）

图书在版编目（ＣＩＰ）数据

世界的耳朵 /（斯洛文）彼得·斯弗迪纳著；
（斯洛文）达米扬·斯蒂潘契奇绘；张瑞琪译 . -- 北京：
人民文学出版社 , 2024. -- ISBN 978-7-02-018725-6
　Ⅰ . I555.488
中国国家版本馆 CIP 数据核字第 2024UC3544 号

责任编辑　李　娜　王雪纯
装帧设计　李苗苗

出版发行　人民文学出版社
社　　址　北京市朝内大街 166 号
邮政编码　100705

印　　刷　上海盛通时代印刷有限公司
经　　销　全国新华书店等

字　　数　25 千字
开　　本　889 毫米 ×1194 毫米　1/16
印　　张　3.75
版　　次　2024 年 8 月北京第 1 版
印　　次　2024 年 8 月第 1 次印刷

书　　号　978-7-02-018725-6
定　　价　45.00 元

如有印装质量问题，请与本社图书销售中心调换。电话：010-65233595

目　录

一

失去名字的
国王

在城市里竖立着一座木质的纪念碑。奇怪的是，它在那里站了很多很多年却没有腐朽。纪念碑上是一位早已被大家遗忘的国王，他的头上摆着他名字的铜字，但字母已经接连掉落在了脚下，已经没有人知道他叫什么名字了。

有一天，国王从纪念碑上走了下来，捡起散落在地上的字母，把它们装进一个小塑料盒子里，挂在了自己的脖子上。他缓慢地穿过街道和广场，四处询问有没有人认识他、有没有人知道他的名字、有没有人能用这些散乱的字母拼出他的名字。

他走人行横道穿过马路，看，他非常熟悉这座城市和交通规则。但是他走得太慢了，还没走到一半，红灯就亮了。在他缓慢地挪向路边时，路上的汽车"滴——滴——"地打着喇叭，司机们大发雷霆："那个慢吞吞的家伙！让开！你没看到我们忙得很吗？难道我们一整天都要用来等着你过马路吗？"说完，他们继续向前开，刺耳的喇叭声一阵接着一阵。

"请问有没有人知道我的名字？"他问道，但是他的声音淹没在喧嚣中，没有人听得见。

　　木头国王在路边绊了一下，一个字母掉在了地上。"嘭"的一声，铜质字母像玻璃一样碎成了无数碎片。而且碎片掉落在哪儿，哪儿就会冒出一道细细小小的彩虹，然后迅速消散。

　　木头国王继续往前走。飞来了一群乌鸦，栖息在了他的肩膀上："国——国——国王！"乌鸦们用嘶哑的声音叫着，"你的剑在哪儿？有人把它偷——偷——偷走了吗？"

　　"我没有剑啊。"国王回答道，"不过我有我名字的字母，虽然有一个字母掉地上了，所以少了一个。你们知道我叫什么吗？知道我的名字怎么拼吗？"

　　乌鸦们在字母中穿梭，但是不知道怎么把这些字母组成一个名字。一只笨拙的乌鸦把第二个字母弄掉在了地上，发出的声响听上去像上千个小铜铃在唱歌。木头国王又出发了，继续往前走。

　　小塑料盒子里还剩下两个字母。

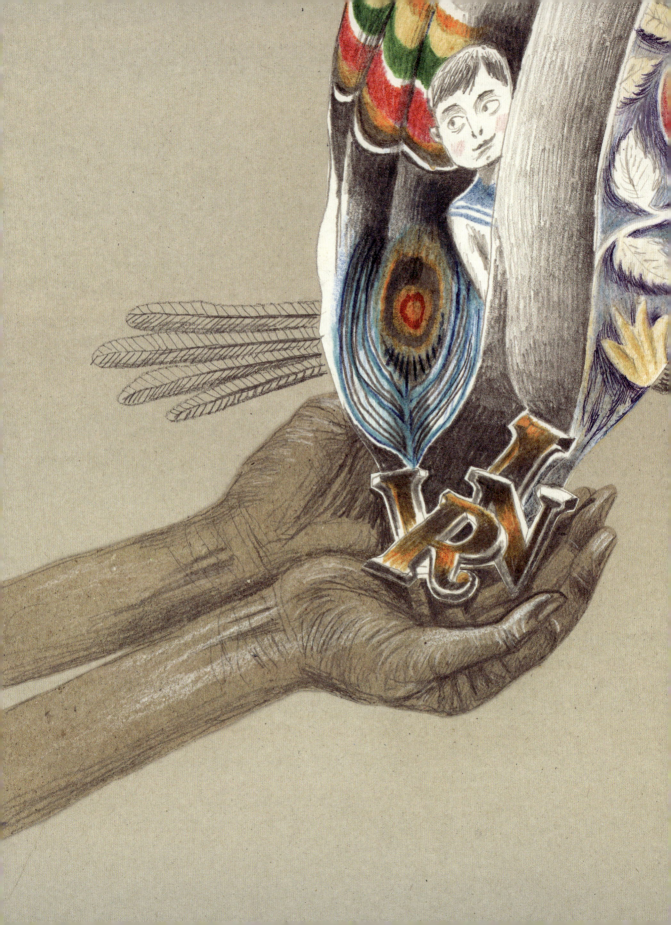

"嘿，你脖子上戴的是什么？你是乞丐吗？"几个学童和他搭话，其中一个正要把吃过的冰激凌的包装纸放进纸盒里。

"你们可以帮我拼一拼我的名字吗？"国王请求道。

"谁的名字？"他们说。

"我的名字。"国王回答道，"有人知道我叫什么吗？有人能用这些字母拼出我的名字吗？不过缺少了两个字母。"

"真是个怪人。"最胖的那个男孩子说道。他拿起一个字母，像投掷回旋镖一样扔了出去。字母飞向房子的一个角落，破碎成无数五颜六色的小花，倾撒在城市的道路上。

木头国王又去往城市公园，他疲惫地坐在长椅上打盹儿。他梦到从最后一个字母中变出了火车站，他站在铁轨边数着经过的车厢。

"可以给我那个字母吗，叔叔？"一个小女孩站在国王旁边，用手举着他仅剩的最后一个字母。

"拿去吧，"国王说道，"应该不会有人知道怎么拼我的名字了。"

"你不知道你是谁吗？"小女孩问道。

"字母都从我身上掉下来了，没有人知道怎么把它们拼成我的名字，而且字母也都破成碎片了。"

小女孩难以置信地看了看他，然后拿着字母跑向操场。她张开双臂奔跑，仿佛要张开双臂飞起来似的，也像是要拥抱谁似的。

国王回忆起来了，他也曾想拥抱谁，也曾在灰暗车厢的裹挟下前行，不知道能否再看到阳光。三天后他再次站在铁轨上，身体轻飘飘的，出发去往世界的另一边。那里的海关人员奇怪地看了看他，并没有要他的护照，所以他竟然活着回来了，这令人感到难以置信。"你将成为我们的领袖！"人们欢呼着，为他建了纪念碑，然后，却把他遗忘了。他名字的字母散落在地上。过了这么久，他的名字才重获新生。

小女孩将国王名字的最后一个字母抛向空中，字母在她头顶上方逐渐消失。

二

牛奶工约翰卡

"查理！查理！"约瑟夫·比赞茨怒吼道，"你休想他能做到，他不能！哈哈！"他抿了一口啤酒，"我要揍他，我要用这个揍他！你做梦！"他从靴子里掏出一根水管，"我会揍他的，哈哈！"他戴上了尖尖的宽檐帽，帽子上还插着一朵塑料花。

这到底是怎么回事？

在很久很久以前，约瑟夫·比赞茨曾经营着镇上唯一一家乳品店，他每天早上送牛奶、做酸奶，还做蓝莓冰激凌。冰激凌有时候甜甜的，有时候酸酸的，这都取决于拌入冷冻奶油的蓝莓有没有变酸。

后来，一个叫约翰卡的女人搬到了镇上，带来了四头奶牛、一只小牛和一个窗帘。她在小镇另一头一个低低矮矮的公寓楼下开了家乳品店，做牛奶小蛋糕和冰激凌，有香草味的、覆盆子味的、巧克力味的和橙子味的。她不送牛奶，因为人们早上会自己带着瓶瓶罐罐来找她。"酸奶呀，"她说道，"你们也可以自己在家里做。"然后她给人们展示制作方法："像这样……然后这样……"

起初，约瑟夫·比赞茨愤愤不平，后来他爱上了约翰卡。的的确确地爱上了她。情况就是这样。但约翰卡并不在乎他，甚至人们完全看不出她特别喜欢谁。大家只看到她会在晚上拉上公寓的窗帘，公寓就在乳品店楼上。大家还看到，她一点儿都没有变老，仍然和搬到镇上来那天一样年轻。

然而约瑟夫·比赞茨愈发嫉妒，也越来越讨厌约翰卡，越来越想捉弄她。

他留意到约翰卡每天早上会把奶牛们赶到公寓后的果园里，然后会拍拍小牛对他说："查理，照看好它们。"

"你做梦！"约瑟夫·比赞茨说道。

此刻，他正坐在小酒馆里生着闷气一声不吭，把玩着那根他准备用来揍小牛查理的水管。"你休想他会照顾好它们，哈哈！"他这样想着。

他把啤酒一饮而尽，然后站了起来，把酒钱留在桌子上后就离开了。

奶牛们正在屋后果园里吃着草，查理坐在樱树下的长椅上，做着填字游戏。约瑟夫·比赞茨揉了揉眼睛，自言自语地问道："牛，有可能会做填字游戏吗？"当他再次睁开眼睛的时候，小牛正安静地站在樱树下，什么也没做，只是站在那里。"只是我想多了吧。"约瑟夫·比赞茨松了一口气。他蹑手蹑脚地从小牛的背后，偷偷溜过前门和邮箱。他从靴子里掏出一根水管，高高地举过头顶。

就在这时，小牛转过身来，看着约瑟夫·比赞茨。他放下那段水管，又揉了揉眼睛："牛，有可能会带着泳镜吗？"当他再定睛一看的时候，他看到的是无比寻常的小牛鼻子、小牛角和大大的眼睛。约瑟夫·比赞茨又松了一口气，没什么，只是他想多了。

然后他再次挥舞起水管，猛地挥向小牛的牛角。

就在水管击中牛角的刹那，奇迹发生了。

查理消失了，果园变成了满是牛奶的湖。奶牛们坐在树枝上，叽叽喳喳地叫着。开始下雨了，雨下得很大，但落下的不是雨水，而是牛奶雨，街道立刻被牛奶染成了白色。然后开始下雪了，但落下的也不是雪花，而是大块的冰激凌，有香草味的、覆盆子味的、巧克力味的和橙子味的。

每个喝牛奶的人都会变得年轻焕发新生，每个舔冰激凌的人都舔了整整一周。

然后突然一切都过去了。骤雨初歇，大雪初霁，一切都恢复如初。奶

牛正在屋后的果园里吃草，小牛正站在樱树下。

只有……

只有约瑟夫·比赞茨不知去向。

噢！他在这儿，在这儿呢。

他太小了，还是个婴儿。他"咕嘟咕嘟"灌了很多湖里的牛奶下肚，一下子年轻了整整七十三岁。现在他正躺在果园中间的草地上，穿着尿裤，戴着插着塑料小花的尖尖的宽檐帽。

约翰卡走过来将他抱在怀里。

但那根水管并没有变小，还和以前一样大，已经在果园里躺了很多年。也许它在等约瑟夫·比赞茨发现它，然后把它塞进靴子里。

三
被禁止的飞行课

正在上课的时候，他们走进阶梯教室，说道："教授，我们不得不把您带走，您被逮捕了。"我回答道："请容许我问一下，是为什么呢？""从今天起，禁止飞行！"

我坐在窗户和书架中间的椅子上，甘乔教授在梯子的最后一级上方盘旋，整理着书脊。实际上，在飞机起飞之前，我只在苏黎世待了几个小时。我带着包，有一个必须在出发前吃掉的三明治，还有一把不能随身携带的雨伞。

航站楼的一位女士对我说："我们可以把它放进你的行李中。"我心想，两天前因为下雨，我买了这把伞，我乘火车来这里的时候很顺利，那时候雨伞一点儿也不碍事。既然人们总是遗忘雨伞，但又总是需要雨伞，如果不让我随身带上飞机的话，我就把它送给别人。

我沿着街道，从有轨电车车站拐到了河边，那儿有很多古董店。但因为正是午餐时间，除了我走进去的这家，其他都关门了。

我开口道："请恕我有个奇怪的问题，我不能随身携带雨伞登机，我可以把它给您吗？"

"当然，我的荣幸。"古董商人回答我道，"几年前，他们匆忙把我从课堂上带走的时候，我把雨伞忘在阶梯教室里了。"

他们把我关进了禁闭室，并在我的脚踝上绑上了重物，以防止我满屋子飞来飞去。天花板上有一个孔，但被从外面用一个铁盖子盖住了。光线只能从侧面透进来，但是我听得到，我听得到鸟儿的叫声。首先，我做了一个日程表。起床、锻炼、吃早餐、冥想、脚上负重弹跳、重复熟记于心的诗歌、吃午餐、小憩、再次负重弹跳，如此循环往复。每日

如此，直到他们来找我。"我们去哪儿？"我问道。

几张泛黄褪色的报纸飘过古董店。

我走进房间，桌子后面坐着一位胖胖的、比我年轻一些的先生。"您听着，教授！"他拍着桌子大声喊道，"您听着，我们再也不能飞了！飞行是被禁止的！听明白了吗？再也没有飞行课了，再也不许把愚蠢的人凑在一起！听懂了吗？"然后我认出了他。他就是那个练习时总是趴着的胖胖的学生，他总是以鼻子贴着板凳的姿势着陆，把其他人都逗乐了。大家都叫他阿维昂切克·马利扬切克。"出去！出去！！"他大喊道。

我站起身准备离开。"不是您，是其他人！嘿，你们出去！您还得在这儿待会儿！"然后他们都走了出去。"好了，现在您可以教我飞行了。只教我一个人，明白吗？"我明白了，说道："但脚上戴着重物的话就很难飞。"他帮我打开了脚上的镣铐。然后有人打开了门，我立刻冲了出去，我完全没想到我会这么猛地冲出去。看吧，脚部负重练习奏效了，不是吗？我飞出了门，穿过走廊的窗户飞上了天。"拦住他！抓住他！拴住他！跟上他！"我听见他们在喊着，还有"我们不可以的！禁止飞行！禁止直升机！你被禁止飞行了！"。好吧，然后我飞到了一群鹅之中。

报纸上对阿维昂切克·马利扬切克结局的描述或许带有少许恶意。在多年的抗议、羞辱、各种各样的禁令结束之后，人们才被允许对他稍微花点儿心思研究。我记得那是这样写的：一天中午，阿维昂切克·马利扬切克的妻子牵着一条小狗急匆匆地冲进了他的办公室。"马利扬！喂！我们走！我再也受不了了！""你怎么了，亲爱的？""什么亲爱的！喂喂喂，我们走！""可是亲爱的，我还得领导国家呢！"他反驳道。"没有什么国家！"她粗暴地回绝他，"如果说你要领导谁，那就是拿破仑！用绳子牵着他！带他去尿尿！你明白了吗？一天三次！我真的受够了。你想要条狗，现在终于有了就好好照顾他！"阿维昂切克·马利扬切克悄悄地离开了他的办公室，然后再也没有回来。

　　我并不知道这其中有多少是真实的。我想记者在撰写这篇故事时是怀有一点儿恶意的。但是的的确确，现在阿维昂切克·马利扬切克每天早上、中午和傍晚都带着他的狗四处溜达，咬牙切齿地跟在后面捡便便。

　　甘乔教授好奇地听着："噢，这我倒是没听说过。那这么说又可以飞行了？人们又想学飞行了？是啊，也难怪，毕竟这才实用。"

阶梯教室里坐得满满当当。就是那个阶梯教室，座无虚席。那里有一些稍年长的学生，他们经过甘乔教授最后被带走时的那个课堂。当然还有较年轻的学生，还有电视台，还有记者，还有学院院长和校长。几乎所有人。

然后甘乔教授走了进来。

"啊，还在这儿！"他欢呼道。他从讲桌下面拿出那把多年前匆忙中遗落在那里的雨伞。他的目光在听众中寻找着我，然后向我走来。

"您的伞还给您，非常感谢您把伞借给我。我的伞在等我。"

"教授，"我说道，"您是怎么把它带上飞机的呢？"

"我没有。"他微笑着回答我。

然后他问道："那么，我们说到哪儿了？"

四
逃跑的童话

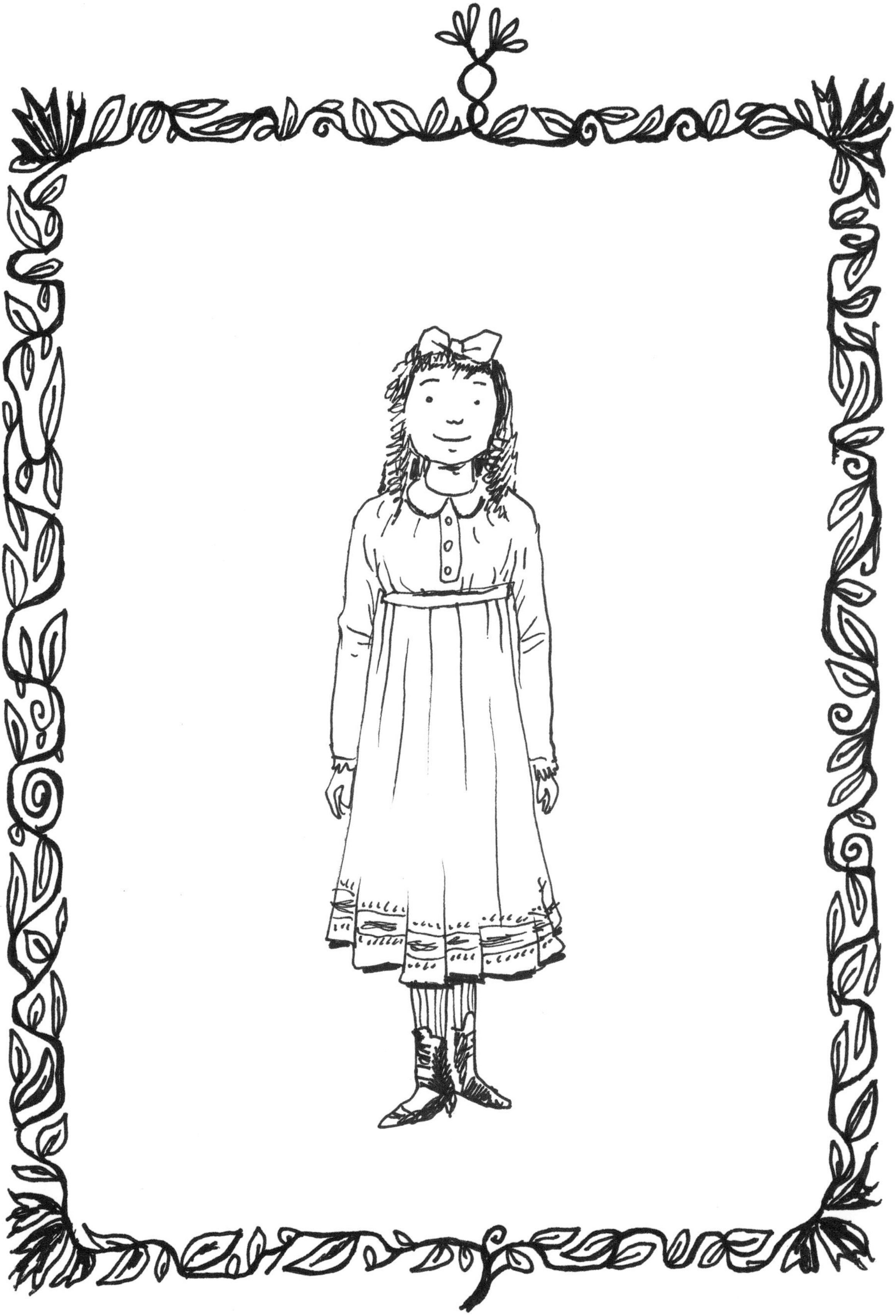

曾经流传着被称为童话故事的巴西利卡，或者说是流传着一个名为巴西利卡的童话。其实我也不太清楚。

很久很久以前，有一位留着胡子的大坏蛋。我不知道他是不是因为有着胡子才邪恶，但我觉得就算他没有胡子，也会很邪恶。因为他太坏了，巴西利卡非常怕他，从他读的书中跑了出来。

"就是这里少了一篇童话故事！"大坏蛋咆哮着，还要斩首给他拿着书的仆人。

接着，他又斩首了给他送书的仆人。如果他知道这本书是谁写的，肯定还要斩首作者。但巴西利卡把作者的名字一起带走了，所以书上不再有他的名字。

然后这个大坏蛋——我们甚至无须给他起名字，因为他实在是太坏了——站在楼梯上咆哮道："给我找到那个童话故事然后带过来，我要把它撕成一个个句子、一个个词语、一个个字、一个个部首，我要把它撕到底！要是谁拿不来，我就砍了他的脑袋！"

他"砰"的一声关上门，睡觉去了。

士兵和将军、厨师和仆人、遛狗的人、预言家，还有公交车司机，他们走遍全国，都在寻找巴西利卡。

然而巴西利卡是有魔法的。当人们已经紧随其后的时候，她变成了一条长椅。疲惫的将军们坐在上面，并不知道这正是巴西利卡，他们用手帕擦了擦冒汗的额头。随后，由于巴西利卡继续向前逃跑，长椅就在他们脚下坍塌了。将军们跌坐在地上，弄脏了裤子，也没办法继续指挥士兵了。

巴西利卡跑呀跑呀。

当他们第二次追上她的时候，她变成了一个装着水的盆子。

　　狗狗们由于漫长的追逐都口渴难耐，全都跑了过来，"呼噜呼噜"地喝水。但因为巴西利卡是有魔法的，所以水盆也有魔法。水里面加了盐，是咸咸的。这让狗狗们越喝越渴，遛狗的人们也没办法继续追她。

　　巴西利卡又逃跑了。

　　当他们第三次追上她时，她变成了碎玻璃，导致公交车的轮胎都爆胎了。预言家们的鼻子都被玻璃撞得肿了起来，成了大黄瓜鼻子。鼻子肿了，预言家们也没办法再预言了。

　　巴西利卡继续逃跑，跑呀跑呀。

　　当他们第四次追上她的时候，她又变成了苦艾。艾草很苦。厨师和仆人们看到后，绕了一个大弯儿避开它，继续努力追赶巴西利卡。

　　他们没有找到她。他们再也不会找到她了。

　　巴西利卡偷偷穿过王国边境，登上了一艘船，爬上了提波尔先生的萨克斯风。提波尔先生是一位曾环游世界的老音乐教师，他用演奏换来一方卧榻、几块煎饼和温暖的袜子。

　　将军们、仆人们、厨师们、士兵们、公交车司机们、遛狗的人们和预言家们在一次集体会议上决定，他们更喜欢脖子上的脑袋，而不是一个留着胡子但即使没有胡子也依然很坏的大坏蛋，于是他们也离开了王国。

　　然而大坏蛋身边再也没有叫他起床的仆人了，他就一直睡一直睡。他鼾声如雷，呼吸已经完全摧毁了他的胡子。

五
世界的
耳朵

在草地和田野的尽头，河边松树林里的一片空地上，有一只耳朵。它不是从地上长出来的，也不是挂在树枝上的，它就那样飘浮在空中。如果你仔细观察，就会发现它在轻微地晃动。但尚且不太清楚它通向哪里，又是谁在听。耳朵在倾听着。

人们从世界各地来到"巨大的耳朵"处，或许是没有人认真倾听他们，又或许是根本没有人倾听他们。他们就来到空地上倾诉。有些人低声细语，有些人高声呐喊。他们诉说着，讲述着。耳朵在倾听着。

他们倾诉了所有的烦恼，然后平静地离开了。

而且人们开始互相倾听。那些倾诉完心中一切的人，开始倾听刚刚到来人的倾诉。

他们来"巨大的耳朵"处的次数越来越少。

很快，他们就不再来了。他们在田间小路、城市街道、公园、学校大厅、乡间水井旁、咖啡店、甜品店、小酒馆、家里的客厅和卧室相遇。

再也没有其他的人来找"巨大的耳朵"了，没有人来向它倾诉自己的烦恼、奇遇和喜悦。一直飘浮在空中的大耳朵开始消散。

很快，巨大的耳朵不见了。

只剩下了松树，还有在河床上潺潺流淌着的小河。

但是有些人越说越多，而有些人则越说越少。有些人在抢别人的耳朵。他们并不是把别人的耳朵拿过来缝在自己的脑袋上，而是把自己的话，许许多多的话，灌输进别人的耳朵里。

但是现在，那些倾听多于倾诉的人，也不能再诉诸那只飘浮的巨大的耳朵了。他们也不能再去那里，倾诉一切之后平静地回家了。这样行不通了，耳朵不在了。

如今依然是这样。

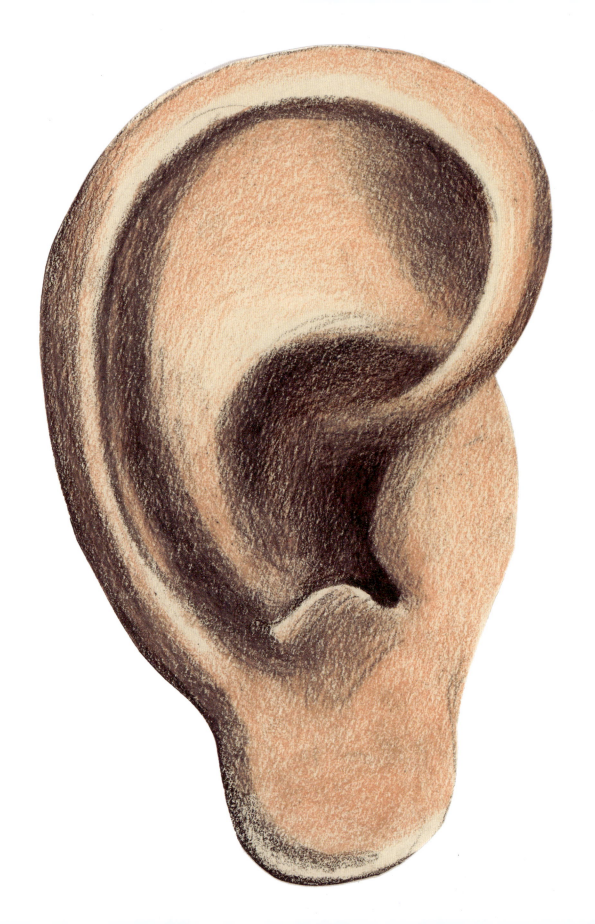

倾听者往往目光专注，注视着对方的眼睛。有时是父母，有时是爷爷奶奶或外公外婆，有时是僧侣，有时是老师，有时候是偶然遇到的人。

在这些人那里，词句话语不断累积。等到它们像果子一样熟透了，就会变成诗歌或者故事跑出来。又或是歌曲，或是舞蹈，或是祷文。这其实都是一回事。如果它们还没酝酿成熟，如果他们还剩下一些词语碎片，他们就会走向田野和草地间。有时候你会看到他们躺在空地上，有的耳朵紧贴大地，有的耳朵朝向天空。当他们离开时，风吹过，像小河淌过一般："哗哗——哗哗——"